Cuore
愛的教育

原著｜艾德蒙多・德・亞米契斯
改寫｜陳宏淑　繪圖｜儲嘉慧

步步出版

燒炭工和紳士

我是小安，今年三年級，我想跟你們分享我和同學及家人的故事。

我有一個同學叫阿諾，他爸爸是個有錢的紳士，所以他常常很驕傲，看不起別人。他爸爸身

材很高大，留著黑鬍子，看起來很嚴肅，幾乎每天都陪他上下學。我有另一個同學叫貝弟，他的個子是班上最小的，他爸爸是燒炭工。昨天早上阿諾跟貝弟吵架，阿諾明明自己不對，說不贏貝弟，就氣沖沖的罵他：「你爸爸是個破乞丐！」

貝弟的臉整個紅起來，眼裡

含著眼淚，一句話都說不出口。他回到家裡，把這件事告訴他爸爸。

於是中午過後，這位個子矮小的燒炭工爸爸，全身黑黑髒髒的，牽著貝弟的手，來學校跟老師說這件事。全班靜悄悄的，聽著貝弟的爸爸跟老

師說話。這時候，阿諾的爸爸送阿諾來學校，正在門口幫阿諾脫外套，聽到有人提起阿諾，就走進教室，想知道是怎麼回事。

老師說：「這位工人先生告訴我，您的兒子對他的兒子說：『你爸爸是個破乞丐！』」

阿諾的爸爸皺起眉頭，臉也紅起來，就問兒子：「你真的這樣說嗎？」阿諾站在教室中間，面對著貝弟，頭低低的，沒有回答。阿諾的爸爸抓住阿諾的手臂，把他拉到貝弟面前，說：「跟同學道歉。」

貝弟的爸爸想要緩和氣氛，就說：「不用了，不用了，沒關係。」

但是阿諾的爸爸不肯，他還是要阿諾道歉：「跟著我這樣說：『我不該說那種無知又愚蠢的話，侮辱了你爸爸，請你原諒我。如果我爸爸能跟你爸爸握手，他會感到非常榮幸！』」

貝弟的爸爸比了個手勢，好像在說：「不需要

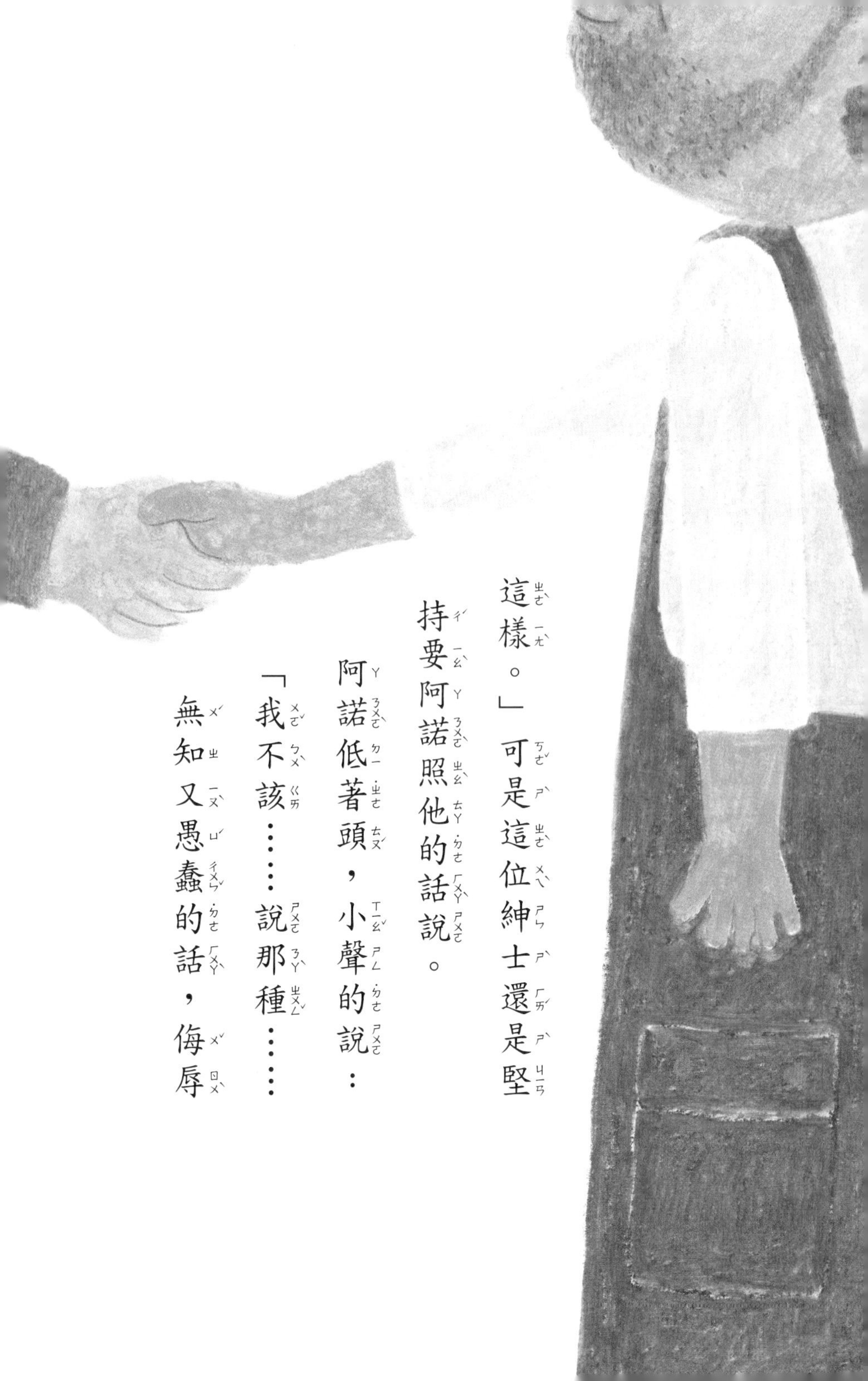

這樣。」可是這位紳士還是堅持要阿諾照他的話說。

阿諾低著頭，小聲的說：

「我不該……說那種……無知又愚蠢的話，侮辱

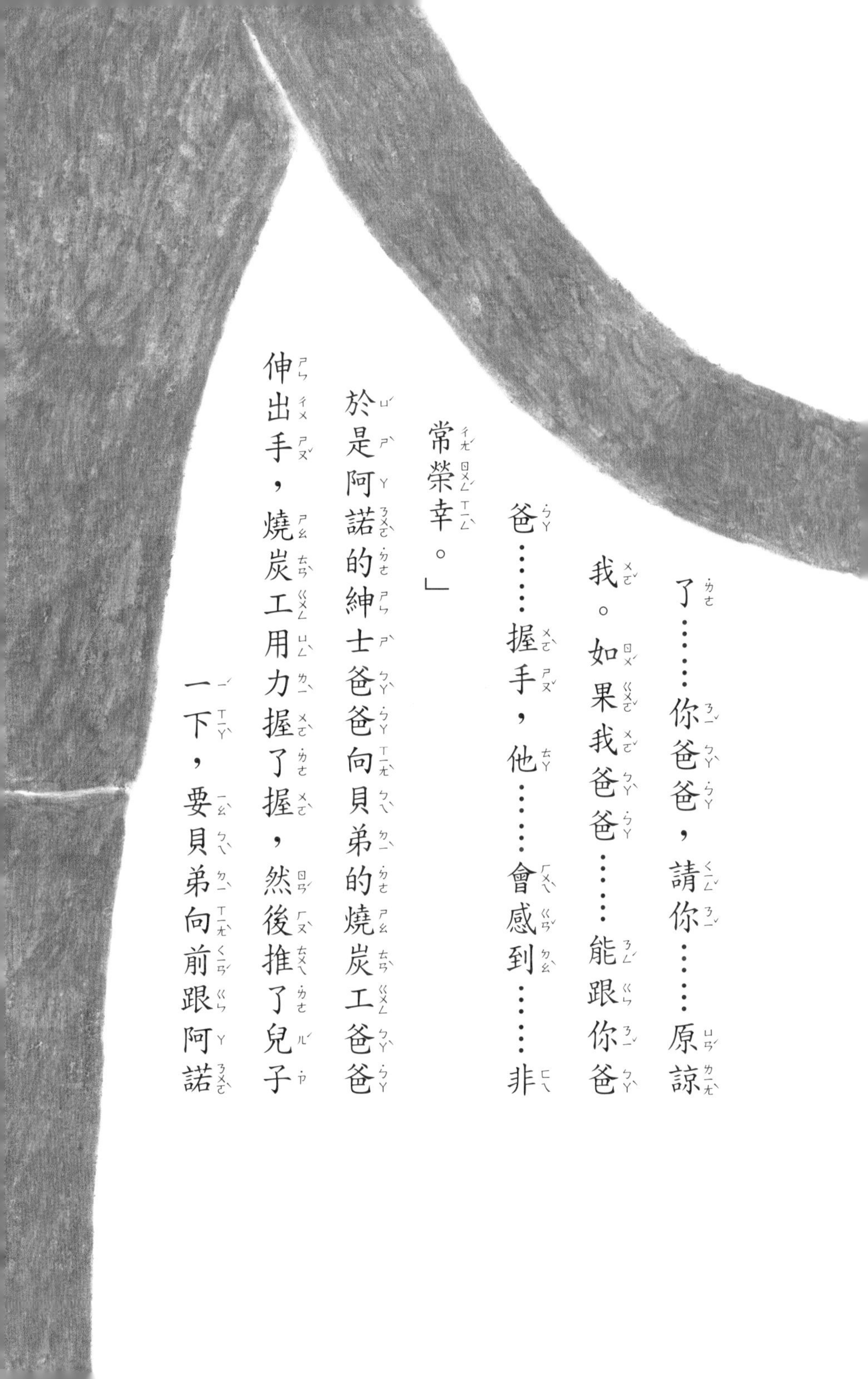

了……你爸爸，請你……原諒我。如果我爸爸……能跟你爸爸……握手，他……會感到……非常榮幸。」

於是阿諾的紳士爸爸向貝弟的燒炭工爸爸伸出手，燒炭工用力握了握，然後推了兒子一下，要貝弟向前跟阿諾擁抱。

阿諾的爸爸對老師說：「老師，麻煩你幫個忙，讓他們兩個坐在一起。」於是老師就讓貝弟坐到阿諾旁邊。他們坐好以後，阿諾的爸爸彎腰敬了個禮，

然後就離開了。

貝弟的爸爸站在那裡好一會兒，看著兩個孩子肩並肩坐在一起，然後走到他們座位前面，帶著疼愛又後悔的表情，好像想對阿諾說什麼，可是什麼話也沒說。他伸出手，似乎想摸摸阿諾的頭，但是又不敢的樣子，最後他只是用粗大的手指輕輕碰一下阿諾的額頭。他走到教室門口，回頭再看阿諾一眼，就走了。

這時候，老師對全班說：「同學們，請你們好好記住今天發生的事情。這是今年最棒的一堂課。」

我的同學阿迪

有一天我在街上散步，突然聽到有人叫我，我轉過頭去，原來是我同學阿迪。他站在一輛馬車前面，車上有個男人遞給他一捆木柴，他接過去扛在肩膀上，然

後扛進他爸爸的木柴行，把木柴堆好以後，又跑出來接木柴。

「阿迪，你在幹麼？」我問他。

「你沒看到嗎？我在複習功課啊。」

我笑了，他真的是在複習。他一邊扛木柴一邊背誦：「動詞有過去式、現在式、未來式……」

這是我們文法課教的東西。他來來回回好多次，邊跑邊念。他說：「我在利用時間複習文法。我爸爸出門去做生意，我媽媽生病了，只好我來卸貨。這一課好難喔，我都記不起來。」他轉頭對馬車上的男人說：「我爸爸說他七點會回來給你錢。」

馬車走了，他對我說：「進來坐一下吧？」一進到店裡，他就拿起掃把清掃地上的枯枝和樹葉。「我今天忙死了，不騙你，功課一次只能寫一點點，每次剛要開始寫，不是有客人上門，就是送貨的馬車來了。早上我已經去木柴市場兩次了，腳痠得要命，手都腫了。」

「你在哪裡寫功課呢？」我問。

「不是在這裡。」他帶我到後面一個小房間，那裡是廚房也是飯廳。角落有一張桌子，桌上放著書本和作業簿。

「我在這裡寫功課。」他拿起筆。「第二題寫到一半。皮的造詞有皮鞋、皮帶，我再寫一個：皮箱。」他寫的字很整齊。

「有人在嗎？」有位太太來買木柴。「有喔！」阿迪趕緊跑出去秤木柴，收了錢，回來在牆角的一本舊簿子上記帳，然後又過來繼續寫功課：「還有皮包。」

「啊，咖啡滾了！」他衝到爐子前面，把咖啡壺拿下來。

「這是要給我媽媽的，我得學會怎麼煮咖啡。

等一下我們一起拿進去給她喝。她在床上躺一個禮拜了，看到這個一定會很高興。唉，我的手常常被咖啡壺燙到。嗯，皮的造詞還有什麼呢？再想一個……我想不出來了。我們先去看我媽媽吧。」

阿迪帶我走進另一個小房間。他媽媽躺在

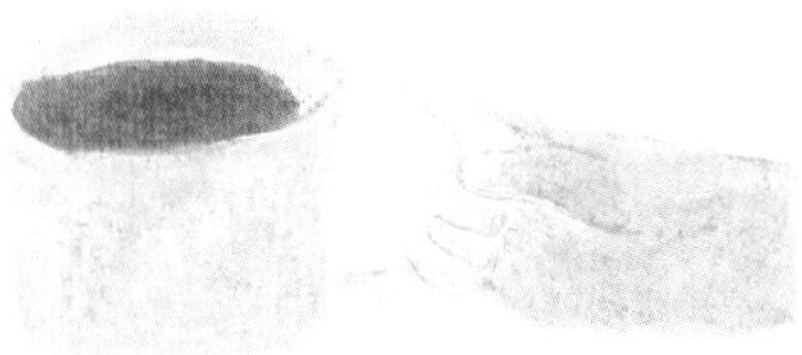

床上，頭上包著一條白巾。

「媽媽，你的咖啡煮好了。」阿迪把咖啡端給他媽媽。「這是我同學。」

他媽媽看到我就說：「小朋友，謝謝你來看我這個生病的人。」

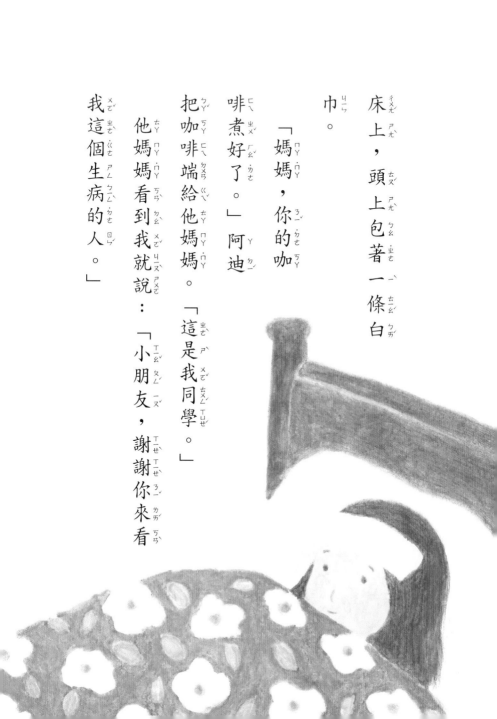

阿迪幫他媽媽整理枕頭和床鋪，加了柴火，又趕走櫃子上的貓。

「媽媽，你還需要什麼嗎？」阿迪收走咖啡杯。「你喝咳嗽糖漿了沒？如果喝完了，我可以再去藥局買。木柴已經都放好了，我會照你說的，四點的時候把肉放到爐子上加熱，還有

賣奶油的阿姨來的時候，我會交給她八個銅幣。你不用擔心，我都會做好的。」

「乖兒子，謝謝你，你真細心。」

阿迪的媽媽堅持要我吃一塊糖，然後阿迪給我看他爸爸以前當兵的照片。

他爸爸穿著軍裝，配戴著勛章，跟阿迪長得很像，一樣

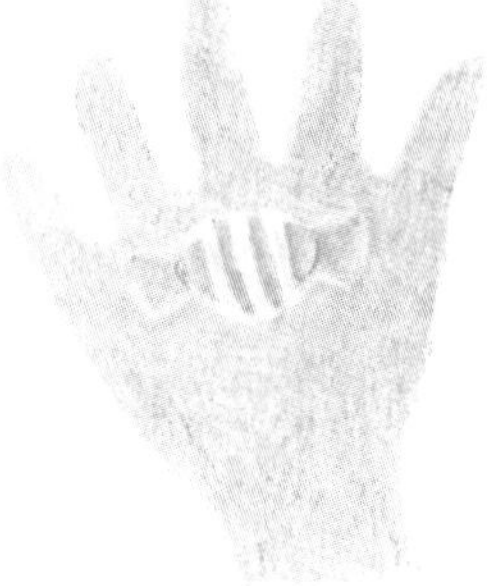

眼睛很有神，也一樣開心微笑著。

我們回到廚房。他說：「啊，我又想到了。」他在作業本寫下：皮夾。阿迪對我說：「剩下的我晚上再寫，今晚可能要熬夜了。你真幸福，有時間寫功課，還有時間散步。」說完，他還是開開心心的回到店鋪，充滿活力的開始鋸木頭。

他一邊用力鋸，一邊喘著氣說：「這是很好的運動，可以鍛練手臂。我想在我爸爸回來以前鋸完所有木頭，他看了一定會很高興。不過，老師說，如果鋸完木頭去寫字，字會變得歪歪扭扭的。沒辦法，我的手臂必須出力才行。我只希望我媽媽趕快好起來，幸好她今天看起來好多了。明天早上公雞叫的時候，我就要起床複習文法。啊，馬車又來了！我要去卸貨了！」

阿迪跑出去跟馬車上的人說了幾句話，立刻回來跟我說：「我不能陪你了，明天學校見。很高興你來我家，祝你散步愉快，幸福的傢伙！」

阿迪握了握我的手，然後就跑去接木柴，在馬車和店鋪之間來來回回，臉蛋紅紅的像玫瑰花，動作很俐落，讓人看了很欣賞。

他剛剛說我是「幸福的傢伙」，但我想對他

說：阿迪，你比我更幸福，因為你一邊學習一邊工作，還能分擔爸爸、媽媽的辛勞，你的勇氣令我佩服，你的能力更是比我強一百倍。親愛的同學，你才是真正幸福的傢伙啊。

體育課

最近天氣一直都很好，所以我們常常到室外上體育課，使用操場的運動器材。

昨天卡羅在校長辦公室看到阿力的媽媽，她好像是想請求校長讓阿力不必上室外體育課。阿力個子小小的，又有點駝背。

他媽媽好像很難啟齒的樣子，一邊摸著阿力的頭，一邊對校長說：「他沒辦法……」

但是阿力並不想跟大家不一樣，他覺得這樣很丟臉。他說：「媽媽，你相信我，別人做得到，

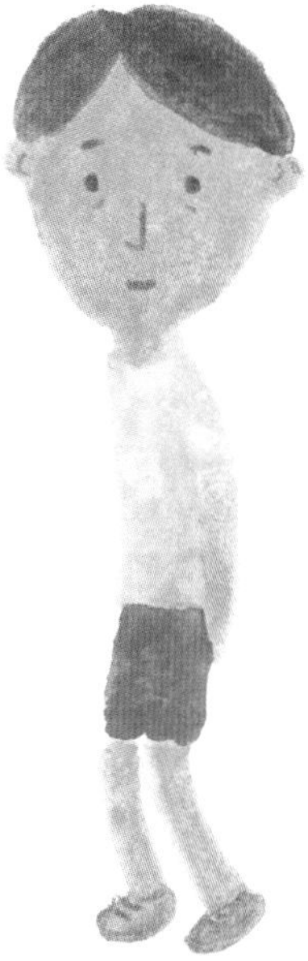

我也做得到。」

他媽媽帶著疼愛的眼光，默默看著他，然後說：「我是擔心同學他們會……」

阿力知道媽媽想說什麼。「他們不會怎樣，而且有卡羅在。只要有他在，就沒人敢笑我。」

於是校長還是讓阿力一起上體育課。體育老師帶我們去爬竿子，那些竿子又長又高，每個人都要抓著竿子往上爬，爬到最上面，然後站上一塊橫放的木板。

為了順利爬上去，每個人手上都抹了松香粉。阿德和阿迪像猴子一樣，兩三下就爬上去。個子矮小的科西雖然衣服太長有點不方便，也還是俐落的爬上去了。大家在他爬的時候學他的口頭禪，大喊著：「不好意思！不好意思！」故意要逗他。然後是史達，他喘著氣，漲紅著臉，咬緊著牙，千辛萬苦爬上去了。阿諾也順利爬上去，站在上面像國王一樣神氣。阿尼穿著一身全新的運動服，中途滑下來兩次，最後也還是上去了。

下一個是卡羅，他嚼著麵包，好像沒花什麼力氣就爬上去了。我想，就算他肩上扛著一個人，都可以爬得上去，因為他壯得像隻牛。接下來就是阿力了，他瘦巴巴的手臂抱住竿子，這時候開始有人哈哈笑，還有人在旁邊唱歌，但是卡羅雙手抱胸，用銳利的眼神瞪著每個人，然後就沒人敢嘲笑阿力了。

阿力使盡力氣往上爬，可憐的他，上

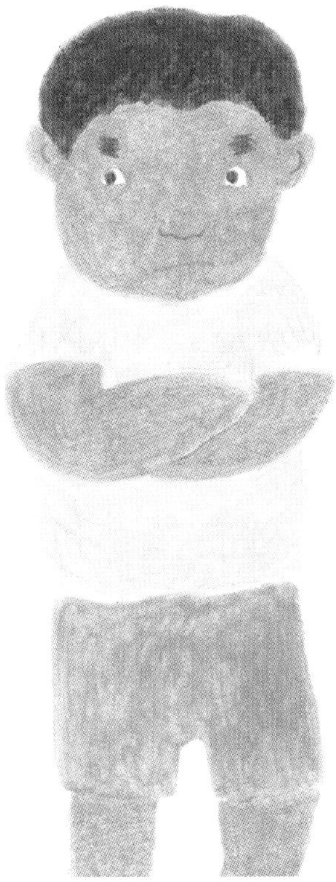

氣不接下氣，滿頭大汗，臉都發紫了。

老師說：「下來吧。」

但是阿力不肯，他繼續拼命往上爬。

每一分鐘我都擔心他會掉下來，萬一摔得頭破血流怎麼辦？可憐的阿力，如果我像他一樣，我媽媽看了一定會很難過。想到這裡，我真想出手幫他，不知道能不能偷偷從下面推他一把，讓他順利爬上去。

這時候卡羅、阿德、阿迪一起對他喊：「加油！阿力，快到了，再用點力！勇敢一點，加油！」

阿力再一次用力，發出一聲喊叫，這時他只差一小段就到頂端了。

「好耶！再用力一點就到了，加油！加油！」大家一起大聲為他加油。

這時阿力已經抓住了那塊木板，全班都拍手叫好。

老師也稱讚他：「太棒了！這樣就好，可以下來了。」

可是阿力想跟大家一樣站到木板上。他又用力一次，手肘壓住那塊木板，接著膝蓋上去，然後腳再上去，最後終於成功站起來。他喘著氣，帶著微笑，往下看著我們。我們又開始鼓掌歡呼。

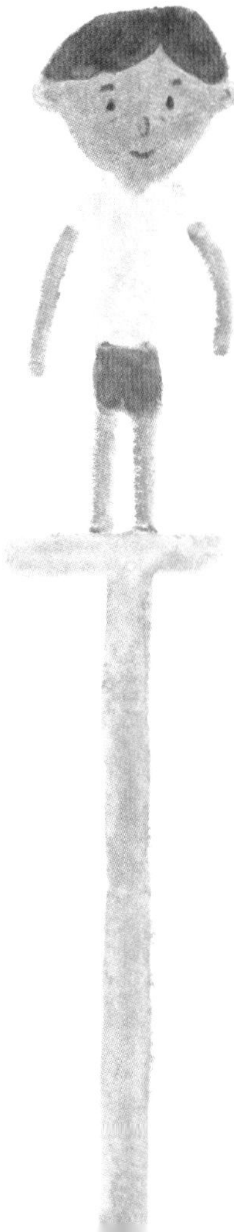

阿力往馬路的方向看，我也朝那個方向看去。從樹叢中間的縫隙，我看到阿力的媽媽沿著人行道走過去，她沒有勇氣往這邊看。

阿力下來以後，大家都稱讚他，說他真了不起。他很興奮，臉蛋紅通通的，兩隻眼睛閃亮亮的，好像不是原來的那個阿力了。

放學的時候，阿力的媽媽來接他，一見面就抱住他，很擔心的問：「可憐的孩子，上體育課還好嗎？上得怎麼樣？」

同學們七嘴八舌替他回答。

「他表現得很棒。」

「他跟大家一樣，都爬上去了。」

「他好強喔。」

「他很努力。」

「他做得跟我們一樣好。」

阿力的媽媽露出開心的表情，好像想跟我們道謝卻說不出口的樣子。她握了握幾個同學的手，又摸摸阿力的頭，然後就帶著阿力回家了。

我們站在那裡看了好一會兒，看著他們母子倆一邊快步走路，一邊比手畫腳說著話，兩個人興高采烈的，完全不在意他人的眼光了。

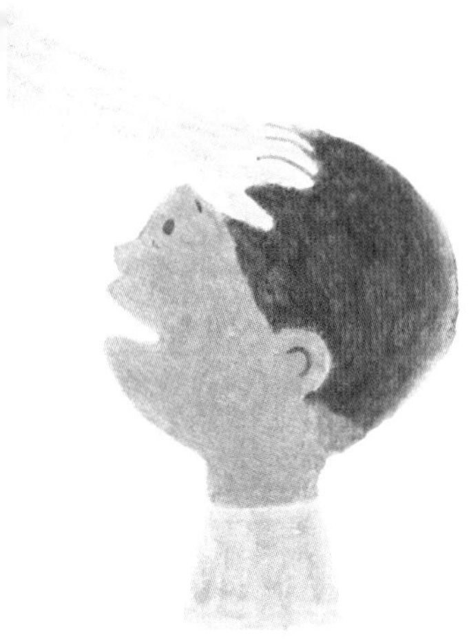

吵架

今天早上我跟阿迪吵架。他昨天上臺領獎，但是我跟他吵架不是因為我嫉妒他，完全不是。一切都是因為我的錯。

阿迪坐在我的旁邊，我正在抄寫生字的時候，他的手臂不知道怎麼的碰到我，害我不小心畫到我的作業本。我很生氣，就罵了他一句。他卻微笑著說：「我不是故意的。」

我應該相信他的，因為我很了解他的個性，可是他竟然還笑得出來，這讓我很不高興。我心裡想：

「哼，得了獎就跩起來了。」過沒多久，為了報復他，我也碰他一下，害他畫到他的作業本。阿迪氣到整個臉都紅了。「你是故意的！」他舉起手想打我的樣子，老師剛好看這邊，他就把手放下，說：「我在外面等你。」

我心裡很難過，剛才的怒氣已經消失，我開始後悔了。阿迪不可能是故意的，他是個好孩子。我知道他是怎樣幫忙家裡，又是怎樣細心照顧他生病的媽媽。他來我家玩的時候，我很熱情招待他，我爸爸也喜歡他。我真希望剛才我沒有說出那樣的話，做出那樣的行為。

我想起爸爸給我的忠告。「是你的錯嗎？」

「是我的錯。」

「有錯就該道歉。」

可是我不敢跟他認錯，因為那樣實在太丟臉了。我偷偷看他一眼，他外套的肩膀那邊都磨破了，也許是扛太多木柴的關係吧，這時我又開始欽佩他了。我對自己說：「勇敢一點，跟他道歉。」但是「請原諒我」這句話就是卡在喉嚨，怎麼樣都說不出口。

阿迪斜著眼一直看我，不過他的表情不太像是生氣，比較像是苦惱。我很兇的看著他，讓他知道我沒在怕的。

他又說一次：「我們到外面解決。」

我也回應他：「好，到外面解決。」

我又想起爸爸說過的話：「如果是你的不對，

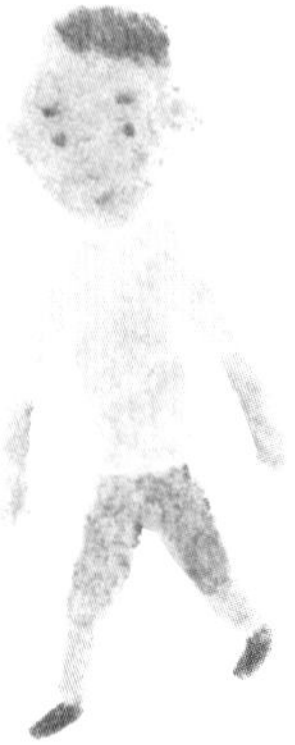

那麼就算別人打你，你也不該打回去，只能盡量保護自己。」

我對自己說：「我不打人，我只保護自己。」

但是我心裡很難受，老師在教什麼我都聽不下去。

終於等到放學，我一個人走在街上，阿迪跟在我後面。我握緊手中的長尺，停下腳步等著他，這時他向我走過來。

「不要這樣。」他臉上帶著溫暖的微笑，輕輕撥開我的手，和氣的對我說：

「我們和好吧？像以前一樣做好朋友。」

我整個人愣住了，一時之間不知道要怎麼反應。他的手搭在我的肩膀上，抱了我一下，又

說：「以後我們別再吵架好嗎？」「不吵架了，再也不吵架了。」我回答他。然後我們就滿心歡喜各自回家了。

回到家裡，我把這件事的經過告訴我爸爸，本來以為這樣的結果他會很高興，沒想到爸爸臉色一沉，對我說：「本來就是你的不對，應該是你先向他道歉才對，更何況他是值得你學習的好朋友，你根本就不該有動手的念頭。」說完爸爸就拿走我手上的長尺，用力折斷，丟到牆邊。

犧牲

我媽媽人很好，我姊姊也像媽媽一樣，有一顆溫暖高貴的心。

昨天晚上我在寫功課的時候，姊姊悄悄走過來，小聲對我說：「你跟我去找媽媽一下。今天早上我聽到爸爸說好像工作上出了什麼差錯，他心裡很難過，然後媽媽就鼓勵他。你明白嗎？我們家現在遇到困難，我們沒錢了，所以爸爸說要節省一點才能度過這次難關。我們兩個也應該節省一點才對，你心裡要有準備。我們現在就去找媽媽，我來跟她說，你只要點頭，讓她知道你也會照我說的那樣做。」

於是姊姊牽著我的手，帶我去找媽媽。媽媽正在縫衣服，好像在想什麼事情的樣子。我和姊姊各自在沙發的一側坐下來，姊姊立刻開口說：「媽

媽，我有話跟你說。我們兩個都有話跟你說。」

媽媽很驚訝的看著我們。

「爸爸沒有錢了，對不對？」

「你在說什麼？」媽媽紅著臉。「不要亂說。你怎麼知道？誰告訴你的？」

「我自己知道的。」姊姊堅定的說。「聽我說，媽媽，我和弟弟也會一起節省。你本來答應五月

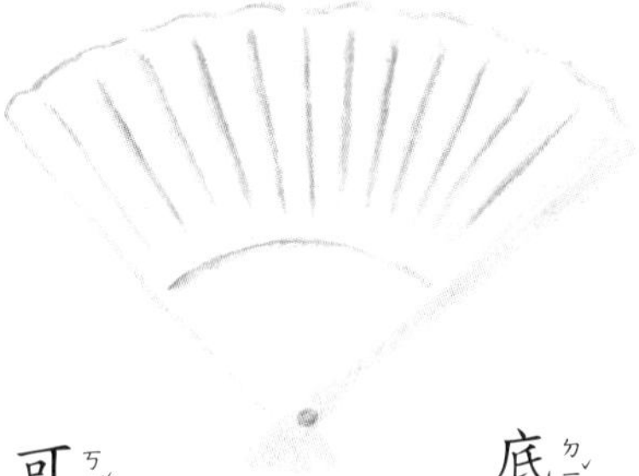

底幫我買扇子，幫弟弟買顏料，現在我們都不要了，我們不想再多花一毛錢。沒有這些東西，我們一樣可以過得很開心。」

媽媽想說話，姊姊又搶著說：「就是這樣，我們已經決定了。在爸爸沒錢的時候，我們不要吃水果，也不要吃其他東西，只

要喝湯就夠了。早餐就吃麵包，這樣就可以少花點錢。以前我們花太多錢了。不過我們保證，我們還是會過得很開心。」她轉頭對我說：「小安，你說對不對？」

我趕緊點頭說沒錯。媽媽又想說話，姊姊用手摀住媽媽的嘴巴，繼續說：「不用擔心，我們會很開心的。我們還可以更節省，比方說不要再買衣服和其他東西，我們很願意這麼做。我們還可以賣掉所有的禮物，我的東西也可以全部賣掉。我可以幫忙做家事，我們都不要再去外面做別的事，我可以整天幫忙，你要我做什麼我就做什麼，我什麼事都可以做！什麼都可以！」

姊姊摟著媽媽的脖子，說：「我們只希望爸爸、媽媽可以解決問題，不再煩惱，恢復以前心情開朗的樣子，因為我們非常愛爸爸、媽媽，願意為你們犧牲一切。」

媽媽聽完姊姊這番話，露出快樂的表情。我從來沒看過她這麼高興。她激動的親著我們的額頭，

一會兒哭一會兒笑，一句話都說不出來。然後媽媽說姊姊誤會了，家裡的狀況沒有她想的那麼糟糕。後來媽媽跟我們說了幾百次謝謝，整個晚上心情都很好。

爸爸回來以後，媽媽把一切經過告訴他，但他一句話也沒說，可憐的爸爸！

結果今天吃早餐的時候，我坐在餐桌前，又是驚喜又是難過，因為我在餐巾下面發現了顏料盒，而姊姊在餐巾下面發現了一把扇子。

【導讀】

愛與勇氣——不變的經典價值

陳宏淑（臺北市立大學英語教學系副教授）

《愛的教育》是義大利作家亞米契斯（Edmondo de Amicis, 1846-1908）的作品，出版於一八八六年，原文書名是*Cuore*，意思是「心」。包天笑在一九〇九年透過日譯本轉譯，書名是《馨兒就學記》，後來夏丏尊在一九二四年譯

成《愛的教育》，從此這個書名就廣為流傳。

原書的內容主要是一位義大利小男孩Enrico（本書譯為小安）的日記，記錄了他的學校生活以及與同學的相處點滴，加上老師每個月分享的優良少年故事，另外還有他爸媽和姊姊教他做人處世的書信。本書從原作豐富的內容中，精選了五篇日記與讀者分享，這五篇特別能感動人心，具體而微的傳達了書中幾個重要的議題：貧窮與階級、友情與親情、

勇氣與毅力。

主角小安的同學大多家境不是很好，貝弟的爸爸是燒炭工，阿迪的爸爸賣木柴，而且媽媽還生病臥床。在〈燒炭工與紳士〉這篇日記中，阿諾罵貝弟的爸爸是乞丐，因為燒炭工的收入和地位都很低，所以阿諾看不起貝弟。這種歧視貧苦人家的態度非常不可取，所以阿諾的父親知道了以後，堅持要阿諾道歉，而且這位紳士父親以身作則，表現出不分貴

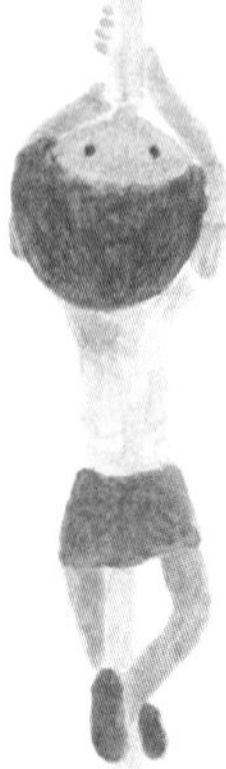

賤貧富的態度，希望有榮幸能與貝弟的燒炭工父親握手致意。

其實，經濟弱勢的陰影，不僅籠罩在貝弟或阿迪這樣的勞工家庭，就連小安自己的家庭，即使是中產階級，也有金錢短缺的憂慮。在〈犧牲〉這篇日記中，雖然小安不必像阿迪那樣一邊幫忙賣木柴一邊照顧生病的母親，但在父親工作遭遇困難時，小安和姊姊也非常憂心，希望幫忙家裡減少經濟

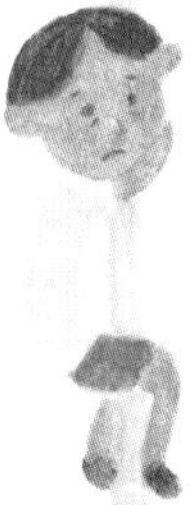

負擔。從這些細節可以看出，十九世紀末的義大利，貧窮與階級差異帶給人民的壓力。作者藉由小安的日記，傳達出一種具有同理心的人道關懷。

在這五篇日記裡，讀者還可以看到角色之間友情與親情的真誠流露。在〈我的同學阿迪〉這篇日記中，小安到阿迪家作客，阿迪雖然自己很忙，但還是很熱情的招待小安，最後還很開心的祝他散步愉快。在另一篇日記〈吵架〉中，小安

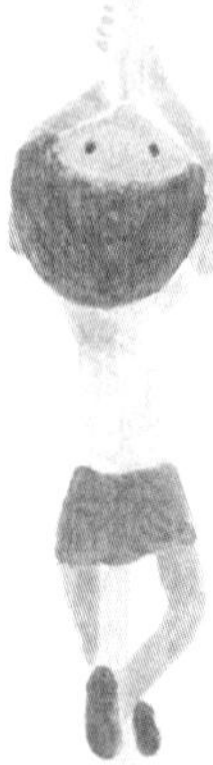

跟阿迪沒來由的吵架了，兩個人心裡都很不好受，最後阿迪主動和好，證明了兩人的深厚友情勝過個人的負面情緒。

在〈體育課〉這篇日記中，全班同學替弱小又駝背的阿力加油打氣，在他最後成功爬上竿子的時候為他鼓掌歡呼，這一幕也見證了同學之間的深刻情誼。而在親情方面，不管是阿迪細心照顧生病的母親，還是阿力的母親擔心他上體育課被同學嘲笑，又或者是小安和姊姊主動提出要幫忙爸媽分憂解勞，這些小細節，都讓親子之間的真情顯露無遺。友情與親情的滋潤，似乎讓書中角色在遭遇人生難題的時候，更有勇氣去克服。

勇氣是可貴的，但也是困難的。承認錯誤需要勇氣，主動低頭需要勇氣，克服身體障礙、挑戰不可能的任務，更需要勇氣。故事裡的阿諾、阿迪、阿力，都是有勇氣的孩子。除了勇氣之外，另一項特質也令人激賞，那就是毅力。阿迪

在艱困的環境中求學，在工作與照顧母親的夾縫中求生存，利用早起或零碎時間複習功課，日復一日，他卻不以為苦，保持樂觀的心情堅持下去，這種毅力讓人又佩服又心疼，他能在學校上臺領獎，可說是實至名歸。另外，阿力在爬竿的過程中，也充分展現了他的毅力，就算大家不看好他，他還是相信自己做得到，咬牙苦撐，拼命往上爬，最後終於爬到竿子頂端。全班由衷為他歡呼，真心讚嘆他的表現。勇氣與

毅力，是阿迪和阿力對抗逆境的利器。

《愛的教育》原作有許多小故事，都跟這五篇日記一樣，讓我們在感動之餘，也思考一些人生課題。義大利原作出版的時候，剛統一的義大利面臨許多問題，包括義大利南部尚未完全整合，也包括都市裡中下階級的貧窮問題。如今二十一世紀的臺灣，或許面對的問題與十九世紀末的義大利不太一樣，但相同的是：我們同樣關懷貧苦弱勢族群，同樣渴望友情與親情，也同樣肯定勇氣與毅力的重要。跨越時空，這些故事帶給我們的仍是不變的經典價值，提醒我們要用「心」珍惜朋友，用「愛」關懷家人，用勇氣與毅力迎接人生挑戰，堅持到成功的那一刻。

國家圖書館出版品預行編目（CIP）資料

愛的教育 / 艾德蒙多.德.亞米契斯(Edmondo De Amicis)原著 ; 陳宏淑改寫 ; 儲嘉慧繪. -- 初版. -- 新北市 : 步步, 遠足文化, 2020.11
面； 公分
注音版
譯自 : Cuore
ISBN 978-957-9380-70-6(平裝)

877.596 109015963

愛的教育

Cuore

原著 艾德蒙多・德・亞米契斯 Edmondo De Amicis
改寫 陳宏淑
繪圖 儲嘉慧

步步出版
執行長兼總編輯 馮季眉
編輯總監 周惠玲
總 策 畫 高明美
責任編輯 徐子茹
編 輯 戴鈺娟、陳曉慈
美術設計 劉蔚君

讀書共和國出版集團
社長 郭重興
發行人暨出版總監 曾大福
業務平臺總經理 李雪麗
業務平臺副總經理 李復民
實體通路協理 林詩富
海外暨網路通路協理 張鑫峰
特販通路協理 陳綺瑩
印務經理 黃禮賢
印務主任 李孟儒
發行 遠足文化事業股份有限公司
地址 231 新北市新店區民權路 108-2 號 9 樓
電話 02-2218-1417
傳真 02-8667-1065
Email service@bookrep.com.tw
網址 www.bookrep.com.tw
法律顧問 華洋國際專利商標事務所 蘇文生律師
印刷 中原造像股份有限公司
初版一刷 2020 年 11 月 初版三刷 2021 年 4 月
定價 260 元
書號 1BCI0009
ISBN 978-957-9380-70-6